海子的诗

我只愿面朝大海，春暖花开

□海子 著

北方联合出版传媒（集团）股份有限公司

春风文艺出版社

·沈阳·

图书在版编目（CIP）数据

我只愿面朝大海，春暖花开：海子的诗 / 海子著
. — 沈阳：春风文艺出版社，2019.2
ISBN 978 - 7 - 5313 - 5551 - 9

Ⅰ. ①我⋯ Ⅱ. ①海⋯ Ⅲ. ①诗集 — 中国 — 当代
Ⅳ. ①I227

中国版本图书馆CIP数据核字（2018）第291836号

北方联合出版传媒（集团）股份有限公司
春风文艺出版社出版发行
http://www.chunfengwenyi.com
沈阳市和平区十一纬路25号　邮编：110003
辽宁奥美雅印刷有限公司印刷

责任编辑：韩　喆	责任校对：于文慧
封面设计：冯少玲	幅面尺寸：142mm × 210mm
字　　数：119千字	印　　张：5
版　　次：2019年2月第1版	印　　次：2019年2月第1次
书　　号：ISBN 978-7-5313-5551-9	
定　　价：22.00元	

版权专有　侵权必究　举报电话：024-23284393
如有质量问题，请拨打电话：024-23284384

目　录

太阳·土地篇

农耕民族

在发蓝的河水里
洗洗双手
洗洗参加过古代战争的双手
围猎已是很遥远的事
不再适合
我的血
把我的宝剑
盔甲
以至王冠
都埋进四周高高的山上
北方马车
在黄土的情意中住了下来

而以后世代相传的土地
正睡在种子袋里

1983 年

亚 洲 铜

亚洲铜，亚洲铜
祖父死在这里，父亲死在这里，我也将死在这里
你是唯一的一块埋人的地方

亚洲铜，亚洲铜
爱怀疑和爱飞翔的是鸟，淹没一切的是海水
你的主人却是青草，住在自己细小的腰上，守住野花的手掌
　和秘密

亚洲铜，亚洲铜
看见了吗？那两只白鸽子，它是屈原遗落在沙滩上的白鞋子
让我们——我们和河流一起，穿上它吧

亚洲铜，亚洲铜
击鼓之后，我们把在黑暗中跳舞的心脏叫作月亮
这月亮主要由你构成

1984年10月

阿尔的太阳①
——给我的瘦哥哥

一切我所向着自然创作的，是粟子，从火中取出来的。
啊，那些不信仰太阳的人是背弃了神的人。②

到南方去
到南方去
你的血液里没有情人和春天
没有月亮
面包甚至都不够
朋友更少
只有一群苦痛的孩子，吞噬一切
瘦哥哥凡·高，凡·高啊
从地下强劲喷出的
火山一样不计后果的
是丝杉和麦田

---

① 阿尔系法国南部一小镇，凡·高在此创作了七八十幅画，这是他的
黄金时期。——海子自注。
② 引文摘自凡·高致其弟奥书信。——编者注。

还是你自己

喷出多余的活命的时间

其实，你的一只眼睛就可以照亮世界

但你还要使用第三只眼，阿尔的太阳

把星空烧成粗糙的河流

把土地烧得旋转

举起黄色的痉挛的手，向日葵

邀请一切火中取栗的人

不要再画基督的橄榄园

要画就画橄榄收获

画强暴的一团火

代替天上的老爷子

洗净生命

红头发的哥哥，喝完苦艾酒

你就开始点这把火吧

烧吧

1984年4月

村 庄

村庄里住着
母亲和儿子
儿子静静地长大
母亲静静地注视

芦花丛中
村庄是一只白色的船
我妹妹叫芦花
我妹妹很美丽

1984年

中国器乐

锣鼓声

锵锵

音乐的墙壁上所有的影子集合

去寻找一个人

一个善良的主人

锵锵

去寻找中国老百姓

泪水锵锵

中国器乐用泪水寻找中国老百姓

秦腔

今夜的闪电

一条条

跳入我怀中，跳入河中

蛇皮二胡拉起

南瓜地里沾满红土的

孩子思乳的哭声

夜空漫漫长长

哭吧

鱼含芦苇

爬上岸来准备安慰

但是

哭吧

瞎子阿炳站在泉边说

月亮今夜也哭得厉害

断断续续的口弦声钻入港口的外国船舱

第一水手呆了

第二水手呆了

那些歌曲钉在黄发水手的脑袋上

1984年11月

妻子和鱼

我怀抱妻子
就像水儿抱鱼
我一边伸出手去
试着摸到小雨水，并且嘴唇开花

而鱼是哑女人
睡在河水下面
常常在做梦中
独自一人死去

我看不见的水
痛苦新鲜的水
流过手掌和鱼
流入我的嘴唇

水将合拢
爱我的妻子
小雨后失踪

水将合拢

没有人明白她水上
是妻子水下是鱼
或者水上是鱼
水下是妻子

离开妻子我
自己是一只
装满淡水的口袋
在陆地上行走

思念前生

庄子在水中洗手
洗完了手，手掌上一片寂静
庄子在水中洗身
身子是一匹布
那布上沾满了
水面上漂来漂去的声音

庄子想混入
凝望月亮的野兽
骨头一寸一寸
在肚脐上下
像树枝一样长着

也许庄子是我
摸一摸树皮
开始对自己的身子
亲切
亲切又苦恼

月亮触到我
仿佛我是光着身子
光着身子
进出

母亲如门，对我轻轻开着

活在珍贵的人间

活在这珍贵的人间
太阳强烈
水波温柔
一层层白云覆盖着
我
踩在青草上
感到自己是彻底干净的黑土块

活在这珍贵的人间
泥土高溅
扑打面颊
活在这珍贵的人间
人类和植物一样幸福
爱情和雨水一样幸福

1985年1月12日

浑　曲

妹呀

竹子胎中的儿子
木头胎中的儿子
就是你满头秀发的新郎

妹呀

晴天的儿子
雨天的儿子
就是滚遍你身体的新娘

妹呀

吐出香鱼的嘴唇
航海人花园一样的嘴唇
就是咬住你的嘴唇

我请求：雨

我请求熄灭
生铁的光、爱人的光和阳光
我请求下雨
我请求
在夜里死去

我请求在早上
你碰见
埋我的人

岁月的尘埃无边
秋天
我请求：
下一场雨
洗清我的骨头

我的眼睛合上
我请求：

雨
雨是一生过错
雨是悲欢离合

　　　　　　　　　　　1985年3月

打 钟

打钟的声音里皇帝在恋爱
一枝火焰里
皇帝在恋爱

恋爱，印满了红铜兵器的
神秘山谷
又有大鸟扑钟
三丈三尺翅膀
三丈三尺火焰

打钟的声音里皇帝在恋爱
打钟的黄脸汉子
吐了一口鲜血
打钟，打钟
一只神秘生物
头举黄金王冠
走于大野中央

"我是你爱人
我是你敌人的女儿
我是义军的女首领
对着铜镜
反复梦见火焰"

钟声就是这枝火焰
在众人的包围中
苦心的皇帝在恋爱

1985年5月

明天醒来我会在哪一只鞋子里

我想我已经够小心翼翼的
我的脚趾正好十个
我的手指正好十个
我生下来时哭几声
我死去时别人又哭
我不声不响地
带来自己这个包袱
尽管我不喜爱自己
但我还是悄悄打开

我在黄昏时坐在地球上
我这样说并不表明晚上
我就不在地球上　早上同样
地球在你屁股下
结结实实
老不死的地球你好

或者我干脆就是树枝

我以前睡在黑暗的壳里
我的脑袋就是我的边疆
就是一颗梨
在我成形之前
我是知冷知热的白花

或者我的脑袋是一只猫
安放在肩膀上
造我的女主人荷月远去
成群的阳光照着大猫小猫
我的呼吸
一直在证明
树叶飘飘

我不能放弃幸福
或相反
我以痛苦为生
埋葬半截
来到村口或山上
我盯住人们死看：
呀，生硬的黄土，人丁兴旺

1985年6月6日

熟了麦子

那一年
兰州一带的新麦
熟了

在水面上
混了三十多年的父亲
回家来

坐着羊皮筏子
回家来了

有人背着粮食
夜里推门进来

油灯下
认清是三叔

老哥俩

一宵无言

只有水烟锅
咕噜咕噜

谁的心思也是
半尺厚的黄土
熟了麦子呀!

1985年1月20日

十四行：夜晚的月亮

推开树林
太阳把血
放入灯盏

我静静坐在
人的村庄
人居住的地方

一切都和本原一样
一切都存入
人的世世代代的脸
一切不幸

我仿佛
一口祖先们
向后代挖掘的井。
一切不幸都源于我幽深而神秘的水

1985年6月19日

十四行：王冠

我所热爱的少女
河流的少女
头发变成了树叶
两臂变成了树干

你既然不能做我的妻子
你一定要成为我的王冠
我将和人间的伟大诗人一同佩戴
用你美丽叶子缠绕我的竖琴和箭袋

秋天的屋顶　时间的重量
秋天又苦又香
使石头开花　像一顶王冠

秋天的屋顶又苦又香
空中弥漫着一顶王冠
被劈开的月桂和扁桃的苦香

1987年8月19日夜

从六月到十月

六月积水的妇人，囤积月光的妇人
七月的妇人，贩卖棉花的妇人
八月的树下
洗耳朵的妇人
我听见对面窗户里
九月订婚的妇人
订婚的戒指
像口袋里潮湿的小鸡
十月的妇人则在婚礼上
吹熄盘中的火光，一扇扇漆黑的木门
飘落在草原上

1986年6月19日

歌：阳光打在地上

阳光打在地上
并不见得
我的胸口在疼
疼又怎样
阳光打在地上

这地上
有人埋过羊骨
有人运过箱子、陶瓶和宝石
有人见过牧猪人，那是长久的漂流之后
阳光打在地上，阳光依然打在地上

这地上
少女们多得好像
我真有这么多女儿
真的曾经这样幸福
用一根水勺子
用小豆、菠菜、油菜

把她们养大
阳光打在地上

1986年

在昌平的孤独

孤独是一只鱼筐
是鱼筐中的泉水
放在泉水中

孤独是泉水中睡着的鹿王
梦见的猎鹿人
就是那用鱼筐提水的人

以及其他的孤独
是柏木之舟中的两个儿子
和所有女儿，围着诗经桑麻沅湘木叶
在爱情中失败
他们是鱼筐中的火苗
沉到水底

拉到岸上还是一只鱼筐
孤独不可言说

1986年

月

炊烟上下
月亮是掘井的白猿
月亮是惨笑的河流上的白猿

多少回天上的伤口淌血
白猿流过钟楼
月亮是惨笑的白猿
月亮自己心碎
月亮早已心碎

给安徒生（组诗）

1

让我们砍下树枝做好木床

一对天鹅的眼睛照亮
一块可供下蛋的岩石

让我们砍下树枝做好木床
我的木床上有一对幸福天鹅
一只匆匆下蛋，一只匆匆死亡

2

天鹅的眼睛落在杯子里
就像日月落在大地上

1986年

女 孩 子

她走来
断断续续走来
洁净的脚
沾满清凉的露水

她有些忧郁
望望用泥草筑起的房屋
望望父亲
她用双手分开黑发
一枝野桃花斜插着默默无语
另一枝送给了谁
却从没人问起

春天是风
秋天是月亮
在我感觉到时
她已去了另一个地方
那里雨后的篱笆像一条蓝色的
小溪

抱着白虎走过海洋

倾向于宏伟的母亲
抱着白虎走过海洋

陆地上有堂屋五间
一只病床卧于故乡

倾向于故乡的母亲
抱着白虎走过海洋

扶病而出的儿子们
开门望见了血太阳

倾向于太阳的母亲
抱着白虎走过海洋

左边的侍女是生命
右边的侍女是死亡

倾向于死亡的母亲
抱着白虎走过海洋

1986年

粮 食

埋着猎人的山冈
是猎人生前唯一的粮食

粮食
是图画中的妻子

西边山上
九只母狼
东边山上
一轮月亮

反复抱过的妻子是枪
枪是沉睡爱情的村庄

八 月 尾

即使我是一个粗枝大叶的人
我也看见了红豹子、绿豹子

当流水淙淙
八月的泉水
穿越了山冈
月亮是红豹子
树林是绿豹子
少女是你们俩
生下的花豹子
即使我是一个粗枝大叶的人
少女，树林中
你也藏不住了

八月尾，树林绿，月亮红
不久我将看到树叶落了
栗树底下
脊背上挂着鹌鹑的人

少女，无论如何
粗枝大叶的人
看见你啦

1986年8月20日夜

感　动

早晨是一只花鹿
踩到我额上
世界多么好
山洞里的野花
顺着我的身子
一直烧到天亮
一直烧到洞外
世界多么好

而夜晚，那只花鹿
的主人，早已走入
土地深处，背靠树根
在转移一些
你根本无法看见的幸福
野花从地下
一直烧到地面

野花烧到你脸上

把你烧伤
世界多么好
早晨是山洞中
一只踩人的花鹿

1986年

肉体 (之一)

在甜蜜果仓中
一枚松鼠肉体般甜蜜的雨水
穿越了天空　蓝色
的羽翼

光芒四射

并且在我的肉体中
停顿了片刻

落到我的床脚
在我手能摸到的地方
床脚变成果园温暖的树桩

它们抬起我
在一只飞越山梁的大鸟
我看见了自己
一枚松鼠肉体

般甜蜜的雨水

在我的肉体中停顿
了片刻

1986年6月

给 萨 福

美丽如同花园的女诗人们
相互热爱，坐在谷仓中
用一只嘴唇摘取另一只嘴唇

我听见青年中时时传言道：萨福

一只失群的
钥匙下的绿鹅
一样的名字。盖住
我的杯子

托斯卡尔的美丽的女儿
草药和黎明的女儿
执杯者的女儿

你野花
的名字
就像蓝色冰块上

淡蓝色的清水溢出

萨福萨福
红色的云缠在头上
嘴唇染红了每一片飞过的鸟儿
你散着身体香味的
鞋带被风吹断
在泥土里

谷色中的嘤嘤之声
萨福萨福
亲我一下

你装饰额角的诗歌何其甘美
你凋零的棺木像一盘美丽的
棋局

梭罗这人有脑子（组诗）

1

梭罗这人有脑子
像鱼有水、鸟有翅
云彩有天空

2

好在这人不是女性
否则会有一对
洁白的冬熊
摇摇晃晃上路
靠近他乳房
凑上嘴唇

3

梭罗这人有脑子
梭罗手头没有别的
抓住了一根棒木
那木棍揍了我
狠狠揍了我
像春天揍了我

4

梭罗这人有脑子
看见湖泊就高兴

5

梭罗这人有脑子
用鸟巢做邮筒
两封信同时飞到
还生下许多小信
羽毛翩跹

6

梭罗这人有脑子

不言不语让东窗天亮西窗天黑
其实他哪有窗子

梭罗这人有脑子
不言不语又做男人又做女人
其实生下的儿子还是他自己

7

灯火的屋中
梭罗的盔
———一卷荷马

这人有脑子
以雪代马
渡我过水

8

梭罗这人有脑子
月亮照着他的鼻子

9

那个抒情的鼻子
靠近他的脑子

靠近他深如树林的眼睛
靠近他饮水的唇
　　（愿饮得更深）

构成脑袋
或者叫头

10

白天和黑夜
像一白一黑
两只寂静的猫
睡在你肩头

你倒在林间路途上

让床在木屋中生病
梭罗这人有脑子
让野花结成果子

11

梭罗这人有脑子
像鱼有水、鸟有翅
云彩有天空

梭罗这人就是
我的云彩，四方邻国
的云彩，安静
在豆田之西
我的草帽上

12

太阳，我种的
豆子，凑上嘴唇
我放水过河

梭罗这人有脑子

梭罗的盔
——一卷荷马

1986年8月15日

给托尔斯泰

我想起你如一位俄国农妇暴跳如雷
补一只旧鞋的
手
时时停顿
这手掌混同于
兵士的臭脚、马肉和盐
你的灰色头颅一闪而过
教堂的裸麦中央
北方流注的河流马的脾气暴跳如雷
胸膛上面排排旧俄的栅栏暴跳如雷
低矮的天空、灯火和农妇暴跳如雷

吹灭云朵
吹灭火焰
吹灭灯盏
吹灭一切妓女
和善良女人的
嘴唇

你可以耕地，补补旧鞋
你可以爱他人，读读福音书
我记得陈旧的河谷端坐老人
端坐暴跳如雷的老人

1985年12月草稿
1986年12月修改

给卡夫卡

——囚徒核桃的双脚

在冬天放火的囚徒
无疑非常需要温暖
这是亲如母亲的火光
当他被身后的几十根玉米砸倒
在地，这无疑又是
富农的田地

当他想到天空
无疑还是被太阳烧得一干二净
这太阳低下头来，这脚镣明亮
无疑还是自己的双脚，如同核桃
埋在故乡的钢铁里
工程师的钢铁里

1986年6月16日

天 鹅

夜里，我听见远处天鹅飞越桥梁的声音
我身体里的河水
呼应着她们

当她们飞越生日的泥土、黄昏的泥土
有一只天鹅受伤
其实只有美丽吹动的风才知道
她已受伤。她仍在飞行

而我身体里的河水却很沉重
就像房屋上挂着的门扇一样沉重
当她们飞过一座远方的桥梁
我不能用优美的飞行来呼应她们

当她们像大雪飞过墓地
大雪中却没有路通向我的房门
——身体没有门——只有手指
竖在墓地，如同十根冻伤的蜡烛

在我的泥土上
在生日的泥土上
有一只天鹅受伤
正如民歌手所唱

七月的大海

老乡们，谁能在海上见到你们真是幸福！
我们全都背叛自己的故乡
我们会把幸福当成祖传的职业
放下手中痛苦的诗篇

今天的白浪真大！老乡们，它高过你们的粮仓
如果我中止诉说，如果我意外地忘却了你
把我自己的故乡抛在一边
我连自己都放弃　更不会回到秋收　农民的家中

在七月我总能突然回到荒凉
赶上最后一次
我戴上帽子　穿上泳装　安静地死亡
在七月我总能突然回到荒凉

海子小夜曲

以前的夜里我们静静地坐着
我们双膝如木
我们支起了耳朵
我们听得见平原上的水和诗歌
这是我们自己的平原，夜晚和诗歌

如今只剩下我一个
只有我一个双膝如木
只有我一个支起了耳朵
只有我一个听得见平原上的水
　　诗歌中的水
在这个下雨的夜晚
如今只剩下我一个
为你写着诗歌
这是我们共同的平原和水
这是我们共同的夜晚和诗歌

是谁这么说过　海水

要走了　要到处看看
我们曾在这儿坐过

1986年8月

给 B 的生日[①]

天亮我梦见你的生日
好像羊羔滚向东方
——那太阳升起的地方

黄昏我梦见我的死亡
好像羊羔滚向西方
——那太阳落下的地方

秋天来到，一切难忘
好像两只羊羔在途中相遇
在运送太阳的途中相遇
碰碰鼻子和嘴唇
——那友爱的地方
那秋风吹凉的地方
那片我曾经吻过的地方

1986年9月10日

---

① B 为海子初恋的女友，中国政法大学1983级学生。——编者注。

北斗七星　七座村庄
——献给萍水相逢的额济纳姑娘

村庄　水上运来的房梁　漂泊不定
还有十天　我就要结束漂泊的生涯
回到五谷丰盛的村庄　废弃果园的村庄
村庄　是沙漠深处你所居住的地方　额济纳!

秋天的风早早地吹　秋天的风高高地吹
静静面对额济纳
白杨树下我吹灭你的两只眼睛
额济纳　大沙漠上静静地睡

额济纳姑娘　我黑而秀美的姑娘
你的嘴唇在诉说　在歌唱
五谷的风儿吹过骆驼和牛羊
翻过沙漠　你是镇子上最令人难忘的姑娘

1986年

怅望祁连（之一）

那些是在过去死去的马匹
在明天死去的马匹
因为我的存在
它们在今天不死
它们在今天的湖泊里饮水食盐

天空上的大鸟
从一颗樱桃
或马骷髅中
射下雪来
于是马匹无比安静
这是我的马匹
它们只在今天的湖泊里饮水食盐

1986年

怅望祁连（之二）

星宿　刀　乳房
这就是雪水上流下来的东西
　　"亡我祁连山，使我牛羊不蕃息
　　失我胭脂山，令我妇女无颜色"
只有黑色牲畜的尾巴
鸟的尾巴
鱼的尾巴
儿子们脱落的尾巴
像七种蓝星下
插在屁股上的麦芒
风中拂动
雪水中拂动

1986年

七月不远

——给青海湖，请熄灭我的爱情

七月不远
性别的诞生不远
爱情不远——马鼻子下
湖泊含盐

因此青海不远
湖畔一捆捆蜂箱
使我显得凄凄迷人：
青草开满鲜花

青海湖上
我的孤独如天堂的马匹
（因此，天堂的马匹不远）

我就是那个情种：诗中吟唱的野花
天堂的马肚子里唯一含毒的野花
（青海湖，请熄灭我的爱情！）

野花青梗不远，医箱内古老姓氏不远
（其他的浪子，治好了疾病
已回原籍，我这就想去见你们）

因此跋山涉水死亡不远
骨骸挂遍我身体
如同蓝色水上的树枝

啊，青海湖，暮色苍茫的水面
一切如在眼前！

只有五月生命的鸟群早已飞去
只有饮我宝石的头一只鸟早已飞去
只剩下青海湖，这宝石的尸体
　　　　　　　暮色苍茫的水面

1986年

敦　煌

敦煌石窟像马肚子下
挂着一只只木桶
乳汁的声音滴破耳朵——
像远方草原上撕破耳朵的人
来到这最后的山谷
他撕破的耳朵上
悬挂着花朵

敦煌是千年以前
起了大火的森林
在陌生的山谷
是最后的桑林——我交换
食盐和粮食的地方
我筑下岩洞，在死亡之前，画上你
最后一个美男子的形象
为了一只母松鼠
为了一只母蜜蜂
为了让她们在春天再次怀孕

1986年

九 月

目击众神死亡的草原上野花一片
远在远方的风比远方更远
我的琴声呜咽　泪水全无
我把这远方的远归还草原
一个叫马头　一个叫马尾
我的琴声呜咽　泪水全无

远方只有在死亡中凝聚野花一片
明月如镜高悬草原映照千年岁月
我的琴声呜咽　泪水全无
只身打马过草原

1986年

死亡之诗（之一）

漆黑的夜里有一种笑声笑断我坟墓的木板
你可知道，这是一片埋葬老虎的土地

正当水面上渡过一只火红的老虎
你的笑声使河流漂浮
的老虎
断了两根骨头
正在这条河流开始在存有笑声的黑夜里结冰
断腿的老虎顺河而下来到我的
窗前

一块埋葬老虎的木板
被一种笑声笑断两截

1986年

死亡之诗 (之二)

我所能看见的少女
水中的少女
请在麦地之中
清理好我的骨头
如一束芦花的骨头
把他装在箱子里带回

我所能看见的
洁净的少女　河流上的少女
请把手伸到麦地之中

当我没有希望坐在一束
麦子上回家
请整理好我那凌乱的骨头
放入一个小木柜。带回它
像带回你们富裕的嫁妆

但是　不要告诉我

扶着木头　正在干草上晾衣的
母亲

1986年

日　光

梨花
在土墙上滑动
牛铎声声

大婶拉过两位小堂弟
站在我面前
像两截黑炭

日光其实很强
一种万物生长的鞭子和血!

雨

打一支火把走到船外去看山头被雨淋湿的麦地
又弱又小的麦子!

然后在神像前把火把熄灭
我们沉默地靠在一起
你是一个仙女,住在庄园的深处

月亮　你寒冷的火焰穿戴的像一朵鲜花
在南方的天空上游泳
在夜里游泳　越过我的头顶

高地的小村庄又小又贫穷
像一颗麦子
像一把伞
伞中裸体少女沉默不语

贫穷孤独的少女　像女王一样　住在一把伞中
阳光和雨水只能给你尘土和泥泞

你在伞中，躲开一切
拒绝泪水和回忆

海水没顶

原始的妈妈
躲避一位农民
把他的柴刀丢在地里
把自己的婴儿溺死井中
田地任其荒芜

灯上我恍惚遇见这个灵魂
跳上大海而去
大海在粮仓上汹涌
似乎我和我的父亲
雪白的头发在燃烧

雨　鞋

我的双脚在你之中
就像火走在柴中

雨鞋和羊和书一起塞进我的柜子
我自己被塞进相框，挂在故乡
那黏土和石头的房子，房子里用木生火
潮湿的木条上冒着烟
我把撕碎的诗稿和被雨打湿
改变了字迹的潮湿的书信
卷起来，这些灰色的信
我没有再读一遍
普希金将她们和拖鞋一起投进壁炉
我则把这些温暖的灰烬
把这些信塞进一双小雨鞋
让她们沉睡千年
梦见洪水和大雨

1987年1月12日达县

吊半坡并给擅入都市的农民

我
径直走入
潮湿的泥土
堆起小小的农民
——对粮食的嘴
停留在西安　多少首饰的外围
多少次擅入都市
像水　血和酒——这些农夫的车辆
运送着河流、生命和欲望
父亲是死在西安的血
父亲是粮食
和丑陋的酿造者
唱歌的嘴　食盐的嘴　填充河岸的嘴
朝向无穷的半坡
黏土守着黏土之上小小的陶器作坊
在一条肤浅的粗暴的沟外站立

瓮内的白骨上飞走了那些美丽少女

半坡啊，再说，受孕也不是我一人的果实
实在需要死亡的配合

盲目的语言中有血和命运
而俘虏回乡
自由的血也有死亡的血
智慧的血也有罪恶的血

1985年11月草稿
1987年7月14日改

两座村庄

和平与情欲的村庄
诗的村庄
村庄母亲昙花一现
村庄母亲美丽绝伦

五月的麦地上　天鹅的村庄
沉默孤独的村庄
一个在前一个在后
这就是普希金和我　诞生的地方

风吹在村庄
风吹在海子的村庄
风吹在村庄的风上
有一阵新鲜有一阵久远

北方星光照映南国星座
村庄母亲怀中的普希金和我
闺女和鱼群的诗人　安睡在雨滴中

是雨滴就会死亡!

夜里风大　听风吹在村庄
村庄静坐　像黑漆漆的财宝
两座村庄隔河而睡
海子的村庄睡得更沉

1987年2月草稿
1987年5月改

日 出
——见于一个无比幸福的早晨的日出

在黑暗的尽头

太阳，扶着我站起来

我的身体像一个亲爱的祖国，血液流遍

我是一个完全幸福的人

我再也不会否认

我是一个完全的人我是一个无比幸福的人

我全身的黑暗因太阳升起而解除

我再也不会否认　天堂和国家的壮丽景色

和她的存在……在黑暗的尽头！

1987年8月30日醉后早晨

水抱屈原

举着火把、捕捉落入
水的人

水抱屈原：如夜深打门的火把倒向怀中
水中之墓呼唤鱼群

我要离开一只平静的水罐
骄傲者的水罐——
宝剑埋在牛车的下边

水抱屈原：一双眼睛如火光照亮
水面上千年羊群
我在这时听见了世界上美丽如画

水抱屈原是我
如此尸骨难收

诗人叶赛宁（组诗）

1. 诞生

星日朗朗
野花的村庄
湖水荡漾
野花！
生下诗人

湖水在怀孕
在怀孕
一对蓓蕾
野花的小手在怀孕
生下诗人叶赛宁

野花的村庄漆黑
如同无人居住
野花，我的村庄公主

安坐痛苦的北方
生下诗人

谁家的窗户
灯火明亮
是野花，一只安详燃烧的灯
坐在泥土的灯台上
生下诗人叶赛宁

2. 乡村的云

乡村的云
故乡
你们俩是
水上的一对孩子

云朵的门啊，请为幸福的人们打开
请为幸福
和山坡上无处躲藏的忧伤的眼睛
打开！

3. 少女

少女
头枕斧头和水
安然睡去

一个春天
一朵花
一片海滩　一片田园

少女
一根伐自上帝
美丽的枝条

少女
月亮的马
两颗水滴
对称的乳房

4. 诗人叶赛宁

我是中国诗人
稻谷的儿子
茶花的女儿
也是欧罗巴诗人
儿子叫意大利
女儿叫波兰
我饱经忧患
一贫如洗
昨日行走流浪
来到波斯酒馆
别人叫我

诗人叶赛宁

浪子叶赛宁

叶赛宁

俄罗斯的嘴唇

梁赞的屋顶

黄昏的面容

农民的心

一颗农民的心

坐在酒馆

像坐在一滴酒中

坐在一滴水中

坐在一滴血中

仙鹤飞走了

桌子抬走了

尸体抬走了

屋里安坐忧郁的诗人

仍然安坐诗人叶赛宁

叶赛宁

不曾料到又一次

春回大地

大地是我死后爱上的女人

大地啊

美丽的是你

丑陋的是我

诗人叶赛宁

在大地中

死而复生

5. 玉米地

微风吹过这座小小的山冈
玉米地里棵棵玉米又瘦又小

我浇水　看着这些小小的可爱又瘦小的叶子
青青杨树叶子喧响在那一头
太阳远远地燃烧
落入一座空空的山谷

树叶是采自诸神的枪支和婚床
圆形盾牌镌刻着无知的文字

6. 醉卧故乡

故乡的夜晚醉倒在地
在蓝色的月光下
飞翔的是我
感觉到心脏，一颗光芒四射的星辰
醉倒在地，头举着王冠
头举着五月的麦地
举着故乡眩晕的屋顶
或者星空，醉倒在大地上！
大地，你先我而醉

你阴郁的面容先我而醉
我要扶住你
大地！

我醉了
我是醉了
我称山为兄弟、水为姐妹、树林是情人
我有夜难眠，有花难戴
满腹话儿无处诉说
只有碰破头颅
霞光落在四邻屋顶
我的双脚踏在故乡的路上变成亲人的双脚
一路蹒跚在黄昏　升上南国星座
双手飞舞，口中喃喃不绝
我在飞翔
急促而深情
飞翔的是我的心脏
我感觉要坐稳在自己身上
故乡，一个姓名
一句
美丽的诗行
故乡的夜晚醉倒在地

7. 浪子旅程

我是浪子

我戴着水浪的帽子
我戴着漂泊的屋顶
灯火吹灭我
家乡赶走我
来到酒馆和城市

我本是农家子弟
我本应该成为
迷雾退去的河岸上
年轻的乡村教师
从都会师院毕业后
在一个黎明
和一位纯朴的农家少女
一起陷入情网
但为什么
我来到了酒馆
和城市

虽然我曾与母牛狗仔同歇在
露西亚天国
虽然我在故乡山冈
曾与一个哑巴
互换歌唱
虽然我二十年不吱一声
爱着你，母亲和外祖父
我仍下到酒馆——俄罗斯船舱底层

啜饮酒杯的边缘
为不幸而凶狠的人们
朗诵放荡疯狂的诗

我要还家
我要转回故乡，头上插满鲜花
我要在故乡的天空下
沉默寡言或大声谈吐
我要头上插满故乡的鲜花

8. 绝命

此刻在美丽的小镇上
苦荞麦儿香
说声分手吧
和另一位叶赛宁　双手紧紧握住

点着烛火，烧掉旧诗
说声分手吧
分开编过少女秀发的十指
秀发像五月的麦苗　曾轻轻含在嘴里

和另一位叶赛宁分手
用剥过蛇皮蒙上鼓面的人类之手
自杀身亡，为了美丽歌谣的神奇鼓面
蛇皮鼓啊如今你在村中已是泪水灯笼

说声分手吧　松开埋葬自己的十指
把自己在诗篇中埋葬
此刻在美丽的小镇上
不会有苦荞麦儿香

9. 天才

轻雷滚过的风中
白杨树梢摇动
在这个黄昏
我想到天才的命运

在此刻我想起你凡·高和韩波
那些命中注定的天才
一言不发
心情宁静

那些人
站在月亮中把头颅轻轻摇晃
手持火把，腰围面粉袋
心情宁静

暮色苍茫
永不复返的人哪
在孤寂的空无一人的打谷场上

被三位姐妹苦苦留下。

痛苦的天才们
饥渴难捱
可是河中滴水全无
面粉袋中没有一点面粉

轻雷滚过的风中
死者的鞋子，仍在行走
如车轮，如命运
沾满谷物与盲目的泥土

1986年2月—1987年5月

月　光

今夜美丽的月光　你看多好！
照着月光
饮水和盐的马
和声音

今夜美丽的月光　你看多美丽
羊群中　生命和死亡宁静的声音
我在倾听！

这是一支大地和水的歌谣，月光！

不要说　你是灯中之灯　月光！

不要说心中有一个地方
那是我一直不敢梦见的地方
不要问　桃子对桃花的珍藏
不要问　打麦大地　处女　桂花和村镇

今夜美丽的月光　你看多好!

不要说死亡的烛光何须倾倒
生命依然生长在忧愁的河水上
月光照着月光　月光普照
今夜美丽的月光合在一起流淌

1986年7月初稿
1987年5月改

汉 俳 (组诗)

1. 河水

亡灵游荡的河
在过去我们有多少恐惧
只对你诉说

2. 王位上的诗人

还没剥开羊皮　举着火把
还没剥开少女和母亲美丽的身体

3. 打麦黄昏，老年打麦者

在梨子树下
晚霞常驻

4. 草原上的死亡

在白色夜晚张开身子
我的脸儿，就像我自己圣洁的姐姐

5. 西藏

回到我们的山上去
荒凉高原上众神的火光

6. 意大利文艺复兴

那是我们劳动的时光
朋友们都来自采石场

7. 风吹

茫茫水面上天鹅村庄神奇的门窗合上

8. 黄昏

在此刻　销声匿迹的人　突然出现
他们神秘而哀伤的马匹在树下站定

9. 诗歌皇帝

当众人齐集河畔　高声歌唱生活
我定会孤独返回空无一人的山峦

1987年

五月的麦地

全世界的兄弟们
要在麦地里拥抱
东方，南方，北方和西方
麦地里的四兄弟，好兄弟
回顾往昔
背诵各自的诗歌
要在麦地里拥抱

有时我孤独一人坐下
在五月的麦地　梦想众兄弟
看到家乡的卵石滚满了河滩
黄昏常存弧形的天空
让大地上布满哀伤的村庄
有时我孤独一人坐在麦地为众兄弟背诵中国诗歌
没有了眼睛也没有了嘴唇

1987年5月

麦地与诗人（组诗）

询问

在青麦地上跑着
雪和太阳的光芒

诗人，你无力偿还
麦地和光芒的情义

一种愿望
一种善良
你无力偿还

你无力偿还
一颗放射光芒的星辰
在你头顶寂寞燃烧

答 复

麦地
别人看见你
觉得你温暖，美丽
我则站在你痛苦质问的中心
　　　　被你灼伤
我站在太阳　痛苦的芒上

麦地
神秘的质问者啊

当我痛苦地站在你的面前
你不能说我一无所有
你不能说我两手空空

麦地啊，人类的痛苦
是他放射的诗歌和光芒！

1987年

幸福的一日
——致秋天的花楸树

我无限地热爱着新的一日
今天的太阳　今天的马　今天的花楸树
使我健康　富足　拥有一生

从黎明到黄昏
阳光充足
胜过一切过去的诗
幸福找到我
幸福说:"瞧　这个诗人
他比我本人还要幸福"

在劈开了我的秋天
在劈开了我的骨头的秋天
我爱你,花楸树

1987年

重建家园

在水上　放弃智慧
停止仰望长空
为了生存你要流下屈辱的泪水
来浇灌家园

生存无须洞察
大地自己呈现
用幸福也用痛苦
来重建家乡的屋顶

放弃沉思和智慧
如果不能带来麦粒
请对诚实的大地
保持缄默　和你那幽暗的本性

风吹炊烟
果园就在我身旁静静叫喊
"双手劳动

慰藉心灵"

1987年

献　诗

——给 S

谁在美丽的早晨
谁在这一首诗中

谁在美丽的火中　飞行
并对我有无限的赠予

谁在炊烟散尽的村庄
谁在晴朗的高空

天上的白云
是谁的伴侣

谁身体黑如夜晚　两翼雪白
在思念　在鸣叫

谁在美丽的早晨
谁在这一首诗中

1987年2月11日

长发飞舞的姑娘（五月之歌）

玫瑰谢了，玫瑰谢了
如早嫁的姐妹飘落，飘落四方
我红色的姐姐，我白色的妹妹
大地和水挽留了她们　熄灭了她们
她们黯然熄灭，永远沉默却是为何？
姐妹们，你们能否告诉我
你们永久的沉默是为了什么

长发飞舞的黑眼睛姑娘
不像我的姐姐　也不像妹妹
不似早嫁的姐妹迟迟不归

如今我坐在街镇的一角
为你歌唱，远离了五谷丰盛的村庄

1987年5月

八月之杯

八月逝去　山峦清晰
河水平滑起伏
此刻才见天空
天空高过往日

有时我想过
八月之杯中安坐真正的诗人
仰视来去不定的云朵
也许我一辈子也不会将你看清

一只空杯子　装满了我撕碎的诗行
一只空杯子　——可曾听见我的喊叫?!
一只空杯子内的父亲啊
内心的鞭子将我们绑在一起抽打

1987年

秋

秋天深了，神的家中鹰在集合
神的故乡鹰在言语
秋天深了，王在写诗
在这个世界上秋天深了
该得到的尚未得到
该丧失的早已丧失

1987年

祖国（或以梦为马）

我要做远方的忠诚的儿子
和物质的短暂情人
和所有以梦为马的诗人一样
我不得不和烈士和小丑走在同一道路上

万人都要将火熄灭　我一人独将此火高高举起
此火为大　开花落英于神圣的祖国
和所有以梦为马的诗人一样
我借此火得度一生的茫茫黑夜

此火为大　祖国的语言和乱石投筑的梁山城寨
以梦为上的敦煌——那七月也会寒冷的骨骼
如雪白的柴和坚硬的条条白雪　横放在众神之山
和所有以梦为马的诗人一样
我投入此火　这三者是囚禁我的灯盏　吐出光辉

万人都要从我刀口走过　去建筑祖国的语言
我甘愿一切从头开始

和所有以梦为马的诗人一样
我也愿将牢底坐穿

众神创造物中只有我最易朽　带着不可抗拒的死亡的速度
只有粮食是我珍爱　我将她紧紧抱住　抱住她　在故乡生儿
　育女
和所有以梦为马的诗人一样
我也愿将自己埋葬在四周高高的山上　守望平静家园

面对大河我无限惭愧
我年华虚度　空有一身疲倦
和所有以梦为马的诗人一样
岁月易逝　一滴不剩　水滴中有一匹马儿一命归天

千年后如若我再生于祖国的河岸
千年后我再次拥有中国的稻田　和周天子的雪山
　天马踢踏
和所有以梦为马的诗人一样
我选择永恒的事业

我的事业　就是要成为太阳的一生
他从古至今——"日"——他无比辉煌无比光明
和所有以梦为马的诗人一样
最后我被黄昏的众神抬入不朽的太阳

太阳是我的名字

太阳是我的一生
太阳的山顶埋葬　诗歌的尸体——千年王国和我
骑着五千年凤凰和名字叫"马"的龙——我必将失败
但诗歌本身以太阳必将胜利①

1987年

---

① 此处"以太阳"，即"以太阳的名义"。原稿如此。——编者注。

夜

夜黑漆漆　有水的村庄
鸟叫不停　浅沙下荸荠
那果实在地下长大像哑子叫门
鱼群悄悄潜行如同在一个做梦少女怀中
那时刻有位母亲昙花一现
鸟叫不定　仿佛村子如一颗小鸟的嘴唇
鸟叫不定而小鸟没有嘴唇
你是夜晚的一部分　谁是黑夜的母亲
那夜晚在门前长大像哑子叫门
鸟叫不定像小鸟奉献给黑夜的嘴唇

在门外黑夜的嘴唇
写下了你的姓名

1988年2月28日

眺望北方

我在海边为什么却想到了你
不幸而美丽的人　我的命运
想起你　我在岩石上凿出窗户
眺望光明的七星
眺望北方和北方的七位女儿
在七月的大海上闪烁流火

为什么我用斧头饮水　饮血如水
却用火热的嘴唇来眺望
用头颅上鲜红的嘴唇眺望北方
也许是因为双目失明

那么我就是一个盲目的诗人
在七月的最早几天
想起你　我今夜跑尽这空无一人的街道
明天，明天起来后我要重新做人
我要成为宇宙的孩子　世纪的孩子
挥霍我自己的青春

然后放弃爱情的王位
　　去做铁石心肠的船长

走遍一座座喧闹的都市
　　我很难梦见什么
除了那第一个七月，永远的七月
七月是黄金的季节啊
当穷苦的人在渔港里领取工钱
我的七月萦绕着我，像那条爱我的孤单的蛇
——她将在痛楚苦涩的海水里度过一生

　　　　　　　　　　　1987年7月草稿
　　　　　　　　　　　1988年3月改

107

远　方

远方除了遥远一无所有

遥远的青稞地
除了青稞　一无所有

更远的地方　更加孤独
远方啊　除了遥远　一无所有

这时　石头
飞到我身边

石头　长出　血
石头　长出　七姐妹

站在一片荒芜的草原上

那时我在远方
那时我自由而贫穷

这些不能触摸的　姐妹
这些不能触摸的　血
这些不能触摸的　远方的幸福
远方的幸福是　多少痛苦

1988年8月19日萨迦夜，
21日拉萨

在大草原上预感到海的降临

我的双手触到草原，
黑色孤独的夜的女儿。

我为我自己铺下干草
夜的女儿，我也为你。

牧羊女打开自己——
一只黑色的羊
蹲伏在你的腹部。

多么温暖的火红的岩石
多么柔软地躺在马车上
月亮形的马，进入了海底。

一夜之间，草原是如此遥远，如此深厚，如此神秘。
海也一样。
一夜之间，
草贴着地长，

你我都是草中的羊。

1988 年 11 月 20 日

黑 翅 膀

今夜在日喀则，上半夜下起了小雨
只有一串北方的星，七位姐妹
紧咬雪白的牙齿，看见了我这一对黑翅膀

北方的七星　照不亮世界
牧女头枕青稞独眠一天的地方今夜满是泥泞
今夜在日喀则，下半夜天空满是星辰

但夜更深就更黑，但毕竟黑不过我的翅膀
今夜在日喀则，借床休息，听见婴儿的哭声
为了什么这个小人儿感到委屈？是不是因为她感到了黑夜中
　的幸福

愿你低声啜泣　但不要彻夜不眠
我今夜难以入睡是因为我这双黑过黑夜的翅膀
我不哭泣　也不歌唱　我要用我的翅膀飞回北方
飞回北方　北方的七星还在北方
只不过在路途上指示了方向，就像一种思念

她长满了我的全身　在烛光下酷似黑色的翅膀

1988年7月

西　藏

西藏，一块孤独的石头坐满整个天空
没有任何夜晚能使我沉睡
没有任何黎明能使我醒来

一块孤独的石头坐满整个天空
他说：在这一千年里我只热爱我自己

一块孤独的石头坐满整个天空
没有任何泪水使我变成花朵
没有任何国王使我变成王座

1988年8月

山 楂 树

今夜我不会遇见你
今夜我遇见了世上的一切
但不会遇见你

一棵夏季最后
火红的山楂树
像一辆高大女神的自行车
像一个女孩　畏惧群山
呆呆站在门口
她不会向我
跑来！

我走过黄昏
像风吹向远处的平原
我将在暮色中抱住一棵孤独的树干
山楂树！一闪而过　啊！山楂

我要在你火红的乳房下坐到天亮。

又小又美丽的山楂的乳房
在高大女神的自行车上
在农奴的手上
在夜晚就要熄灭

1988年6月8日—10日

房　屋

你在早上
碰落的第一滴露水
肯定和你的爱人有关
你在中午饮马
在一枝青丫下稍立片刻
也和她有关
你在暮色中
坐在屋子里不动
也是与她有关
你不要不承认

那泥沙相会　那狂风奔走
如巨蚁
那雨天雨地哭得有情有义
而爱情房屋温情地坐着
遮蔽母亲也遮蔽孩子

遮蔽你也遮蔽我

1985年

日 记

姐姐，今夜我在德令哈，夜色笼罩
姐姐，我今夜只有戈壁

草原尽头我两手空空
悲痛时握不住一颗泪滴
姐姐，今夜我在德令哈
这是雨水中一座荒凉的城

除了那些路过的和居住的
德令哈……今夜
这是唯一的，最后的，抒情。
这是唯一的，最后的，草原。

我把石头还给石头
让胜利的胜利
今夜青稞只属于她自己
一切都在生长
今夜我只有美丽的戈壁　空空

姐姐，今夜我不关心人类，我只想你

1988年7月25日火车经德令哈

遥远的路程
——十四行献给89年初的雪

我的灯和酒坛上落满灰尘
而遥远的路程上却干干净净
我站在元月七日的大雪中，还是四年以前的我
我站在这里，落满了灰尘，四年多像一天，没有变动
大雪使屋子内部更暗，待到明日天晴
阳光下的大雪刺痛人的眼睛，这是雪地，使人羞愧
一双寂寞的黑眼睛多想大雪一直下到他内部

雪地上树是黑暗的，黑暗得像平常天空飞过的鸟群
那时候你是愉快的，忧伤的，混沌的
大雪今日为我而下，映照我的肮脏
我就是一把空空的铁锹
铁锹空得连灰尘也没有
大雪一直纷纷扬扬
远方就是这样的，就是我站立的地方

1989年1月7日

面朝大海，春暖花开

从明天起，做一个幸福的人
喂马，劈柴，周游世界
从明天起，关心粮食和蔬菜
我有一所房子，面朝大海，春暖花开

从明天起，和每一个亲人通信
告诉他们我的幸福
那幸福的闪电告诉我的
我将告诉每一个人

给每一条河每一座山取一个温暖的名字
陌生人，我也为你祝福
愿你有一个灿烂的前程
愿你有情人终成眷属
愿你在尘世获得幸福
我只愿面朝大海，春暖花开

1989年1月13日

折 梅

站在那里折梅花
山坡上的梅花
寂静的太平洋上一封信
寂静的太平洋上一人站在那里折梅花

折梅人在天上
天堂大雪纷纷　一人踏雪无痕
天堂和寂静的天山一样
大雪纷纷
站在那里折梅
亚洲，上帝的伞
上帝的斗篷，太平洋
太平洋上海水茫茫
上帝带给我一封信
是她写给我的信
我坐在茫茫太平洋上折梅，写信

1989年2月3日

黎明（之一）
——阿根廷请不要为我哭泣

我的混沌的头颅
是从哪里来的
是从哪里来的运货马车，摇摇晃晃
不发一言，经过我的山冈
马车夫像上帝一样，全身肮脏
伏在自己的膝盖上
抱着鞭子睡去的马车夫啊
抬起你的头，马车夫
山冈上天空望不到边
山冈上天空这样明亮
我永远是这样绝望
永远是这样

1989年2月21日

黎明 (之二)

——二月的雪，二月的雨

我把天空和大地打扫干干净净
归还给一个陌不相识的人
我寂寞地等，我阴沉地等
二月的雪，二月的雨

泉水白白流淌
花朵为谁开放
永远是这样美丽负伤的麦子
吐着芳香，站在山冈上

荒凉大地承受着荒凉天空的雷霆
圣书上卷是我的翅膀，无比明亮
有时像一个阴沉沉的今天
圣书下卷肮脏而欢乐
当然也是我受伤的翅膀
荒凉大地承受着更加荒凉的天空

我空荡荡的大地和天空
是上卷和下卷合成一本
的圣书，是我重又劈开的肢体
流着雨雪、泪水在二月

　　　　　　　　　　　　1989年2月22日

四 姐 妹

荒凉的山冈上站着四姐妹
所有的风只向她们吹
所有的日子都为她们破碎

空气中的一棵麦子
高举到我的头顶
我身在这荒芜的山冈
怀念我空空的房间，落满灰尘

我爱过的这糊涂的四姐妹啊
光芒四射的四姐妹
夜里我头枕卷册和神州
想起蓝色远方的四姐妹
我爱过的这糊涂的四姐妹啊
像爱着我亲手写下的四首诗
我的美丽的结伴而行的四姐妹
比命运女神还要多出一个
赶着美丽苍白的奶牛　走向月亮形的山峰

到了二月，你是从哪里来的
天上滚过春天的雷，你是从哪里来的
不和陌生人一起来
不和运货马车一起来
不和鸟群一起来

四姐妹抱着这一棵
一棵空气中的麦子
抱着昨天的大雪，今天的雨水
明日的粮食与灰烬
这是绝望的麦子
请告诉四姐妹：这是绝望的麦子
永远是这样
风后面是风
天空上面是天空
道路前面还是道路

1989年2月23日

春天，十个海子

春天，十个海子全部复活
在光明的景色中
嘲笑这一个野蛮而悲伤的海子
你这么长久地沉睡究竟为了什么？

春天，十个海子低低地怒吼
围着你和我跳舞，唱歌
扯乱你的黑头发，骑上你飞奔而去，尘土飞扬
你被劈开的疼痛在大地弥漫

在春天，野蛮而悲伤的海子
就剩下这一个，最后一个
这是一个黑夜的孩子，沉浸于冬天，倾心死亡
不能自拔，热爱着空虚而寒冷的乡村

那里的谷物高高堆起，遮住了窗户
他们把一半用于一家六口人的嘴，吃和胃
一半用于农业，他们自己的繁殖

大风从东刮到西，从北刮到南，无视黑夜和黎明
你所说的曙光究竟是什么意思

1989年3月14日凌晨3点—4点

太平洋的献诗

太平洋　丰收之后的荒凉的海
太平洋　在劳动后的休息
劳动以前　劳动之中　劳动以后
太平洋是所有的劳动和休息

茫茫太平洋　又混沌又晴朗
海水茫茫　和劳动打成一片
和世界打成一片
世界头枕太平洋
人类头枕太平洋　雨暴风狂
上帝在太平洋上度过的时光　是茫茫海水隐含不露的希望

太平洋没有父母　在太阳下茫茫流淌　闪着光芒
太平洋像是上帝老人看穿一切、眼角含泪的眼睛

眼泪的女儿，我的爱人
今天的太平洋不是往日的海洋
今天的太平洋只为我流淌　为着我闪闪发亮

我的太阳高悬上空　　照耀这广阔太平洋

1989年2月2日

最后一夜和第一日的献诗

今夜你的黑头发
是岩石上寂寞的黑夜，
牧羊人用雪白的羊群
填满飞机场周围的黑暗

黑夜比我更早睡去
黑夜是神的伤口
你是我的伤口
羊群和花朵也是岩石的伤口
雪山　用大雪填满飞机场周围的黑暗
雪山女神吃的是野兽穿的是鲜花
今夜　九十九座雪山高出天堂
使我彻夜难眠

1989年1月16日草稿
1989年1月24日改

黑夜的献诗
——献给黑夜的女儿

黑夜从大地上升起
遮住了光明的天空
丰收后荒凉的大地
黑夜从你内部上升

你从远方来，我到远方去
遥远的路程经过这里
天空一无所有
为何给我安慰

丰收之后荒凉的大地
人们取走了一年的收成
取走了粮食骑走了马
留在地里的人，埋得很深

草权闪闪发亮，稻草堆在火上
稻谷堆在黑暗的谷仓

谷仓中太黑暗，太寂静，太丰收
也太荒凉，我在丰收中看到了阎王的眼睛

黑雨滴一样的鸟群
从黄昏飞入黑夜
黑夜一无所有
为何给我安慰

走在路上
放声歌唱
大风刮过山冈
上面是无边的天空

1989年2月2日

给母亲（组诗）

1. 风

风很美，果实也美
小小的风很美
自然界的乳房也美

水很美　水啊
无人和你
说话的时刻很美

你家中破旧的门
遮住的贫穷很美

风　吹遍草原
马的骨头　绿了

2. 泉水

泉水　　泉水
生物的嘴唇
蓝色的母亲
用肉体
用野花的琴
盖住岩石
盖住骨头和酒杯

3. 云

母亲
老了，垂下白发
母亲你去休息吧
山坡上伏着安静的儿子
就像山腰安静的水
流着天空

我歌唱云朵
雨水的姐妹
美丽的求婚
我知道自己颂扬情侣的诗歌没有了用场
我歌唱云朵

我知道自己终究会幸福
和一切圣洁的人
相聚在天堂

4. 雪

妈妈又坐在家乡的矮凳子上想我
那一只凳子仿佛是我积雪的屋顶

妈妈的屋顶
明天早上
霞光万丈
我要看到你
妈妈，妈妈
你面朝谷仓
脚踩黄昏
我知道你日见衰老

5. 语言和井

语言的本身
像母亲
总有话说，在河畔
在经验之河的两岸
在现象之河的两岸
花朵像柔美的妻子

倾听的耳朵和诗歌
长满一地
倾听受难的水

水落在远方

1984、1985 年改
1986 年再改

138

太平洋上的贾宝玉

贾宝玉　太平洋上的贾宝玉
太平洋上：粮食用绳子捆好
贾宝玉坐在粮食上

美好而破碎的世界
坐在食物和酒上
美好而破碎的世界。你口含宝石
只有这些美好的少女，美好而破碎的世界，
旧世界
只有茫茫太平洋上这些美好的少女
太平洋上粮食用绳子捆好
从山顶洞到贾宝玉用尽了多少火和雨

1989年

自杀者之歌

伏在下午的水中
窗帘一掀一掀
一两根树枝伸过来
肉体，水面的宝石
是对半分裂的瓶子
瓶里的水不能分裂

伏在一具斧子上
像伏在一具琴上

还有绳索
盘在床底下
林间的太阳砍断你
像砍断南风

你把枪打开，独自走回故乡
像一只鸽子
倒在猩红的篮子上

歌 或 哭

我把包裹埋在果树下
我是在马厩里歌唱
是在歌唱

木床上病中的亲属
我只为你歌唱
你坐在拖鞋上
像一只白羊默念拖着尾巴的
另一只白羊
你说你孤独
就像很久以前
火星照耀十三个州府
你那样孤独
你在夜里哭着
像一只木头一样哭着
像花色的土散着香气

太阳·土地篇

（12月。冬。）

第十二章·众神的黄昏

一盏真理的灯
照亮四季循环中古老的悔恨

灯中囚禁的奴隶　米开朗琪罗
在你的宫殿镌刻我模糊的诗歌
割下我的头颅放在他的洞窟
为了照亮壁画和暗淡的四季景色

一盏真理的灯
我从原始存在中涌起，涌现
我感到我自己又在收缩　广阔的土地收缩为火
给众神奠定了居住地

我从原始的王中涌起　涌现
在幻象和流放中创造了伟大的诗歌
我回忆了原始力量的焦虑　和解　对话
对我们的命令　指责和期望
我被原始元素所持有

他对我的囚禁、瓦解 他的阴郁
羊群 干草车 马 秋天
都在他的囚车上颠簸

现代人 一只焦黄的老虎
我们已丧失了土地
替代土地的 是一种短暂而抽搐的欲望
肤浅的积木 玩具般的欲望

白雪不停地落进酒中
像我不停地回到真理
回到原始力量和王座
我像一个诗歌皇帝 披挂着饥饿
披挂着上帝的羊毛
如魂中之魂 手执火把
照亮那些洞穴中自行捶打的血红鼓面
一盏真理的诗中之灯

王 为神秘的孕育而徘徊雪中
因为饥饿而享受过四季的馈赠
那就是言语

言语

"壮丽的豹子
灵感之龙

闪现之龙　设想和形象之龙　全身燃烧
芳香的巨大老虎　照亮整个海滩
这灰烬中合上双睛的闪闪发亮的马与火种
狮子的脚　羔羊的角
在莽荒而饥饿的山上
一万匹的象死在森林"
那就是言语　抬起你们的头颅一起看向黄昏

众神的黄昏　杀戮中　最后的寂静
马的苦难和喊叫
构成母亲和我的四只耳朵　倾听内心的风暴和诗
季节循环中古老的悔恨

狮子　豹　马　羔羊和骆驼
公牛和焦黄的老虎　还有岩石和玫瑰
这是一种复合的灵魂
一种神秘而神圣的火　秘密的火　焦虑的火
在苦难的土中生存、生殖并挽救自己
季节是生存与生殖的节奏
季节即是他们争斗的诗
（众神的黄昏中土与火　他二人在我内心绞杀）

太阳中盲目的荷马
土地中盲目的荷马
他二人在我内心绞杀
争夺王位与诗歌

须弥山巅　巨兽仰天长号
手持牛羊壮美　手持光芒星宿
太阳—巨大后嗣　仰天长号
土……这复合的灵魂在海面上涌起

毙命的马匹　在海中燃烧
八月将要埋葬你，大地
用—把歌唱的琴　—把歌唱的斧头
黄昏落日内部荷马的声音

在众神的黄昏　他大概也已梦见了我
盲目的荷马　你是否仍然在呼唤着我
呼唤着—篇诗歌　歌颂并葬送土地
呼唤着—只盛满诗歌的敏锐的角

我总是拖带着具体的　黑暗的内脏飞行
我总是拖带着晦涩的　无法表白无以言说的元素飞行
直到这些伟大的材料成为诗歌
直到这些诗歌成为我的光荣或罪行

我总是拖带着我的儿女和果实
他们又软弱又恐惧
这敏锐的诗歌　这敏锐的内脏和蛹
我必须用宽厚而阴暗的内心将他们覆盖

天空牵着我流血的鼻子一直向上
太阳的巨大后代生出土地
在到达光明朗照的境界后　我的洞窟和土地
填满的仍旧是我自己一如既往的阴暗和本能

我那暴力的循环的诗　秘密的诗　阴暗的元素
我体内的巨兽　我的锁链
土地对于我是一种束缚
也是阴郁的狂喜　秘密的暴力和暴行

我的诗　追随敦煌　大地的艺术
我的诗　在众神纠纷的酒馆
在彩色野兽的果园　洞窟填满恐惧与怜悯
我的诗，有原始的黑夜生长其中

腹部或本能的蜜蜂
破窑或库房中　马飞出马
母牛或五谷中
腐败的丰收之手

那腹部　和平的麦根　庄严的麦根
在丛林中央嚎叫不懈的黄色麦根
在花园里　那腹部　容忍了群马骚动
我的手坐在头颅下大叫大嚷"你会成功吗?"

我一根根尖锐的骨骼做成笛子或弓箭，包裹着

女人，我的母亲和女儿，我的妻子
肉体暂且存在，他们飞翔已久
他们在陌生的危险的生存之河上飞翔了很久

而今他们面临覆灭的宿命
是一个神圣而寂寞的春天
天空上舞着羊毛般卷曲　洁白的云
田野上鹅一样　成熟的油菜

在这个春天你为何回忆起人类
你为何突然想起了人类　神圣而孤单的一生
想起了人类你宝座发热
想起了人类你眼含孤独的泪水
那来到冥河的掌灯人就是我的嘴唇
穿过罪人的行列她要吐露诗歌
诗歌是取走我尸骨的鸟群
诗歌

诗，像母马的手，沿着乳房，磨平石子
诗像死去的骨骼手持烛火光明
诗　是母马　胎儿和胃
活在土地上

果真这样？母亲沉睡而嗜杀
（坐在水中的墓地进行这场狩猎
在那人怀沙的第一条大江

147

披水的她们从绿发之马下钻出
怀抱头颅
怀抱穷苦的流放的头颅——
这盏灯在水上亮着
镌刻诗歌）

我忘记了　我的小镇卡拉拉　石头的父亲
我无限的道路充满暮色和水　疼痛之马朝向罗马城
父亲牵着一个温驯而怒气冲冲的奴隶
沿着没落的河流走来

我忘记了　只有他　追随贫穷的师傅学习了一生
灯中囚禁的奴隶　孤独星辰上孤独的手
在你的宫殿镌刻我模糊的诗歌，想起这些
石头的财富言语的财富使我至今心酸

而他又干了些什么？
两耳　茫茫无声
一生骑着神秘的火　奢侈的火
埋下乐器，专等嘶叫的骆驼！

大地的泪水汇集一处　迅即干涸
他的天才也会异常短暂　似乎没有存在
这一点点可怜的命运和血是谁赋予？
似乎实体在前进时手里拿着的是他的斧子

我假装挣扎　其实要带回暴力和斧子
投入你的怀抱

"无以言说的灵魂　我们为何分手河岸
我们为何把最后一个黄昏匆匆断送　我们为何
匆匆同归太阳悲惨的燃烧　同归大地的灰烬
我们阴郁而明亮的斧刃上站着你　土地的荷马"
一把歌唱的斧子　荷马啊
黄昏不会从你开始　也不会到我结束
半是希望半是恐惧　面临覆灭的大地众神请注目
荷马在前　在他后面我也盲目　紧跟着那盲目的荷马

                                    1986年8月—1987年8月